那些惊艳了岁月的爱意诗词

于时光里穿越光影情动入心

在最美爱情古诗词里一念一忘

锦绣集

——邂逅最美爱情古诗词

桑妮——著

三乖——绘

北京联合出版公司
Beijing United Publishing Co.,Ltd.

目录

§

越古老越美好
遇见最美的爱情古诗词

活在当下，
做一个云淡风清的人，
读一首诗、念一阙词，
赏一幅画，
写一段关于风月的文字，
以及在最好的年华遇见最美好的人，
就是生活最美好的样子。

木兰花令·拟古决绝词

（清）纳兰性德

人生若只如初见，何事秋风悲画扇？
等闲变却故人心，却道故人心易变。
骊山语罢清宵半，泪雨零铃终不怨。
何如薄幸锦衣郎，比翼连枝当日愿。

“人生若只如初见”，这是爱情里最婉约伤情的句子。

寥寥数字，胜却千言万语，生之岁月里，爱中那些不可言说的无奈全都汹涌在心头。

这世间，有多少情侣曾若此般无奈何。

人生如果总似刚刚相识时那样美好甜蜜、深情快乐，该多么好！然而，世事怎会如梦想的那般轻易？爱情里多的是魔咒，无论多么凄美，都无法掩盖。所以，才有了“何事秋风悲画扇”的凄楚。

曾经的汉成帝和班婕妤，他们曾是那般的爱到缠绵情浓，允诺下那么多的甜言蜜语、情深意重，又如何呢？还不是免不了最终的背情弃义。所谓的山盟海誓，似烟火绚烂，终皆成虚无。

一曲《怨歌行》，一把冷秋扇，说的都是女子的被弃，和爱里的情殇。

在时间的久长里，有太多的情人变了心，不是熬不过时间的考验，就是熬不过美色的诱惑，或许这就是人们说的——情人间最容易变心。

幸而，这世间还曾有唐明皇和杨贵妃生死不相离的爱情，七月七日夜里在骊山华清宫长生殿里“愿生生世世为夫妻”的盟誓，是如此美好，让人相信爱情。

只可惜，世人能有几人可以似唐明皇。

爱而不得的事情太多了，唯愿“人生如初见”！

昨夜星辰昨夜风，画楼西畔桂堂东。
身无彩凤双飞翼，心有灵犀一点通。

木兰花·拟古决绝词

（清）纳兰性德

人生若只如初见，何事秋风悲画扇？
等闲变却故人心，却道故人心易变。
骊山语罢清宵半，泪雨零铃终不怨。
何如薄幸锦衣郎，比翼连枝当日愿。

情诗词

无题

其三

（唐）李商隐

昨夜星辰昨夜风，画楼西畔桂堂东。
身无彩凤双飞翼，心有灵犀一点通。
隔座送钩春酒暖，分曹射覆蜡灯红。
嗟余听鼓应官去，走马兰台类转蓬。

李商隐，是情圣。

写的最吸引人的，是热闹喧嚣之中的落寞相思，比如这首《无题》。

爱而不得的情缘未了，已成浓稠得化不开的相思。犹记得，那时星光绚烂，习习凉风的美好夜晚，与深爱的人设宴在画楼的西畔，于桂木亭堂里温馨缠绵。只是，这美好皆成追忆。

如今，天涯相隔，只恨身上没有五彩凤凰的双翅，可以让自己随着思念飞扑，让爱圆满。幸的是，虽然相思成灾，彼此爱着的内心，可穿越无限光影，如灵犀相通，始终你中有我，我中有你，心相印着。

往事浮现，更忆那时的你。

藏钩行酒令的筵席上，他们玩得不亦乐乎，而我的眼中只有你。只是，当初酒暖灯红里，我就有了不安。不由得想起"宫花寂寞红"的诗句来，我有我的寂寞，你也有你的苦楚。我们终究是有缘无分的人。

在爱里，在人生里，我们都是蓬草、浮萍而已，注定漂泊不定，注定后会无期、欢情难再。

可是，我永难以忘怀你！

无题·其三

（唐）李商隐

昨夜星辰昨夜风，画楼西畔桂堂东。
身无彩凤双飞翼，心有灵犀一点通。
隔座送钩春酒暖，分曹射覆蜡灯红。
嗟余听鼓应官去，走马兰台类转蓬。

无 题
其五

（唐）李商隐

重帏深下莫愁堂，卧后清宵细细长。
神女生涯原是梦，小姑居处本无郎。
风波不信菱枝弱，月露谁教桂叶香。
直道相思了无益，未妨惆怅是清狂。

扫码聆听本诗文

李商隐，写下世间最美的“无题”情诗。

文辞清丽，意韵深微，将世间男女之情诠释淋漓。亦悲戚，亦孤独，离情别绪里隐约着的是无数人的心事。他的文字里，世人皆能读懂他欲言又止的深意，如水光阴里，全是诉不完的情长离思。

这是一位独居深闺的孤寂女子，层帷深垂，幽邃的莫愁堂里弥漫着一片静寂森冷。想起曾爱过的人，孤枕难眠，而夜更深黑漫长。

她也曾似巫山神女一般，有过关于爱的幻想和追求，只是一切只是幻梦一场而已；到如今，还是若清溪小姑一般，独身一人，情郎难寻。这世间，最难觅的是爱情，不是你动情难，就是我动情难，一见钟情的缘终究是世间少见。

生活里的我，是菱枝一般的柔弱女子，却偏逢恶势力的摧残；也是如芬芳桂叶般的美好女子，却没有得到月露一般的呵护。

这一切，又如何？

亦不能阻挡我心底对相思的沉溺，虽然我一直知相思无益，却要痴情到底，哪怕落个终身为爱痴狂的结局。

所谓，爱无价、情入骨即是这般吧！

重帏深下莫愁堂，卧后清宵细细长。

无题·其五

（唐）李商隐

重帏深下莫愁堂，卧后清宵细细长。
神女生涯原是梦，小姑居处本无郎。
风波不信菱枝弱，月露谁教桂叶香。
直道相思了无益，未妨惆怅是清狂。

无题

其四

（唐）李商隐

飒飒东风细雨来，芙蓉塘外有轻雷。
金蟾啮锁烧香入，玉虎牵丝汲井回。
贾氏窥帘韩掾少，宓妃留枕魏王才。
春心莫共花争发，一寸相思一寸灰。

李商隐，写的最好的诗是他的爱情诗，尤其是无题诗，最缠绵悱恻，令人动容。

他的这些风格秾丽的爱情诗，始终氤氲着一股朦胧、缠绵曲折、荡气回肠的感觉，让人读之物我两忘。

此一首无题，写一位深锁幽闺的女子的愁惨绝望之情。最令人心动的千古佳句，就是“一寸相思一寸灰”。

飒飒东风起，蒙蒙细雨轻泻，风儿轻拂，雨飘散纷飞，春意近，春心动。荷花塘边，轻雷阵阵，不知还有否相恋的人在幽会。

金蟾啮锁的香炉内，烟雾缭绕飘逸；玉石装饰的虎状辘轳旁，有可牵引汲取井水的绳索，此两物都浸染着情思缕缕，勾起我的相思情。

想起古时情史，贾女隔帘窥韩寿，是因他美若潘安，故而私相慕悦，遂私通。宓妃留枕魏王曹植心，皆因他始终忘不掉她，所以将她梦。这样的情事，让人相信爱情，想要追寻爱情于热烈之中。

然，莞尔思量里，却不敢让爱情荡漾的春心与这繁茂的春花一起萌发，因相思太苦，终免不了寸寸成灰烬的结局。

太过用情，所以怕太过多情。

无题·其四

（唐）李商隐

飒飒东风细雨来，芙蓉塘外有轻雷。
金蟾啮锁烧香入，玉虎牵丝汲井回。
贾氏窥帘韩掾少，宓妃留枕魏王才。
春心莫共花争发，一寸相思一寸灰。

情诗词

诗经·唐风·绸缪

（周）佚名

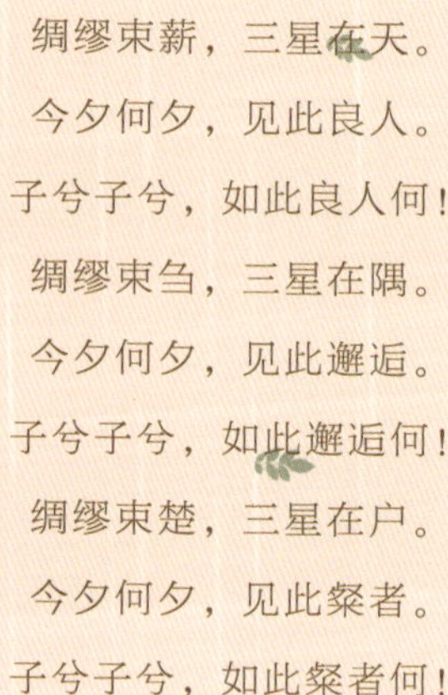

绸缪束薪，三星在天。
今夕何夕，见此良人。
子兮子兮，如此良人何！
绸缪束刍，三星在隅。
今夕何夕，见此邂逅。
子兮子兮，如此邂逅何！
绸缪束楚，三星在户。
今夕何夕，见此粲者。
子兮子兮，如此粲者何！

若是情深，字少也可情浓。

《诗经》便是如此。它的美句，皆可滋养世人的情思。

如这首《唐风·绸缪》，寥寥几句即将有情人新婚缠绵之夜悉数呈现：束薪捆绑的那一个黄昏，是她和他结为同好的一个良辰。

抬头望天空之中那三颗星星，不禁想问：今天是怎样美好的日子，让我遇见你这般美丽的人儿啊！

你呀你呀，我该如何对待你这般美丽的人儿！

天空中的那三颗星星呀，已经滑落到天空的一角，可今天是怎样美好的日子呀，让我们有如此美丽的邂逅。

你呀你呀，我该如何对待咱们这美丽的相遇！

抬头望星空，那三颗星星已然高高挂在门户之上，时值夜半，星光熠熠，今天到底是怎样美好的日子啊，让我可以看到、触摸到如此绚烂美好的人儿。

你呀你呀，你是如此明丽艳绝，让我到底该如何做呢？

也是，千金一刻的良宵，新婚甜蜜缠绵里，全是无法用言语诠释的满心欢喜！

绸缪束楚，三星在户。
今夕何夕，见此粲者。
子兮子兮，如此粲者何！

诗经·唐风·绸缪

（周）佚名

子兮子兮，如此邂逅何！

绸缪束楚，三星在户。

今夕何夕，见此粲者。

子兮子兮，如此粲者何！

绸缪束薪，三星在天。
今夕何夕，见此良人。
子兮子兮，如此良人何！
绸缪束刍，三星在隅。
今夕何夕，见此邂逅。

诗经·唐风·绸缪

（周）佚名

情诗词

苏幕遮·怀旧

（宋）范仲淹

碧云天，黄叶地。秋色连波，波上寒烟翠。
山映斜阳天接水。芳草无情，更在斜阳外。
黯乡魂，追旅思。夜夜除非，好梦留人睡。
明月楼高休独倚。酒入愁肠，化作相思泪。

爱人的心，在秋天更显寂寥。

白云缥缈、晴空万里又如何？还不是黄叶遍地的凄凉一片。诗人于江边小站，望见的是秋色映进碧波的样子，还有寒烟笼罩着水波，远看一片苍翠。如此美景之下，若有佳人在侧，或许就不会生出凄恻和悲凉了吧。

可是，伊人远方，身在异乡的诗人，所见皆是伤情。远山沐浴着夕阳，蓝天和江水相连，只有岸边的芳草最是无情，一直绵延到斜阳照不到的天边。

景是如此，人自黯然感伤，孤寂在异乡的魂魄，满是愁思。想所爱之人的心，更甚。无数个孤寂的夜，难眠，除非有好梦相伴才可入睡。

明月当空时，最不敢独自倚栏而伫，那时，端起的酒全是愁，入心皆化作相思泪！

苏幕遮·怀旧

（宋）范仲淹

黯乡魂，追旅思。
夜夜除非，好梦留人睡。
明月楼高休独倚。
酒入愁肠，化作相思泪。

碧云天，黄叶地。
秋色连波，波上寒烟翠。
山映斜阳天接水。
芳草无情，更在斜阳外。

苏幕遮·怀旧

（宋）范仲淹

情诗词

鹊桥仙·纤云弄巧

（宋）秦观

纤云弄巧，飞星传恨，银汉迢迢暗度。
金风玉露一相逢，便胜却人间无数。
柔情似水，佳期如梦，忍顾鹊桥归路。
两情若是久长时，又岂在朝朝暮暮。

扫码聆听本诗文

这是一首绝美的千古情词。

流传经年，洗礼万千有情人的心扉。

写的虽是牛郎织女的故事，说的却是人间最美痛的情爱悲欢。读之，如同在春之暮野，邂逅一个心爱的人，眼眉儿俏，心动翩然。

一句“金风玉露一相逢，便胜却人间无数”，更有着“芳草萋萋、在水一方”的惊艳万千。

纵然有着纤云之轻柔，织女之美好，也无法与心爱的人在一起。这爱里，便有了爱而不得的飞星之恨，银河之畔闪烁着的全是他们的离愁别恨。千里银河迢迢辽阔，满满都是他们的相思之苦。一年那么多天，他们能相聚的不过只有七夕这短暂的一天。

相爱这么深，相见却如此不易。

如此，金风玉露的一夜相会，佳人、佳时里是天荒地老的抵死缠绵，珍贵美好抵得上人间万千相会。

只是，柔情似水，缠绵不休里，也不过是佳梦一夕，毕竟是有缘无分的两个人，才一相逢就要别离。一切温情深意，梦断鹊桥。

可是，爱在哪里，彼此的心就永在哪里。

抵死相爱的两个人，哪管什么天各一方、朝朝暮暮！

若爱，亦可穿越时光、距离……

鹊桥仙·纤云弄巧

（宋）秦观

纤云弄巧，飞星传恨，银汉迢迢暗度。
金风玉露一相逢，便胜却人间无数。
柔情似水，佳期如梦，忍顾鹊桥归路。
两情若是久长时，又岂在朝朝暮暮。

三五七言

（唐）李白

秋风清，秋月明，
落叶聚还散，寒鸦栖复惊。
相思相见知何日？此时此夜难为情！
入我相思门，知我相思苦。
长相思兮长相忆，短相思兮无穷极。
早知如此绊人心，何如当初莫相识。

扫码聆听本诗文

“诗仙”李白的言情诗，写得亦好。

与之相遇，宛如明月清风一般，亦如微风习习中花瓣的飘落。

孤寂的异乡，最是思念入心，尤其在寒冷萧瑟的秋夜。夜凉如水，秋风清冷，明月当空里，思念愈浓。

看落叶纷纷聚了又散，更想起曾经的你和我，也曾如这落叶一般。我们一起看日出日落，一起偎依私语蜜言，却抵不过一阵风吹，终散落天涯。自此，你我二人，如枯树上的寒鸦，冷在这难耐的凋零凄凉里。

相思成灾，相见无望，夜，就此成为煎熬。

若有人也似我这般经历过如此相思，便会知我这入骨的相思苦。

爱到深处，长的相思是久长的，短的相思亦会在时间里变久长，对于思念一个人的苦而言，不是长或短，而是爱始终在心里，亘古不变。

若早知相爱如此令人牵绊，真不如当初与你不曾相识的好！

入我相思门，知我相思苦。
长相思兮长相忆，短相思兮无穷极。

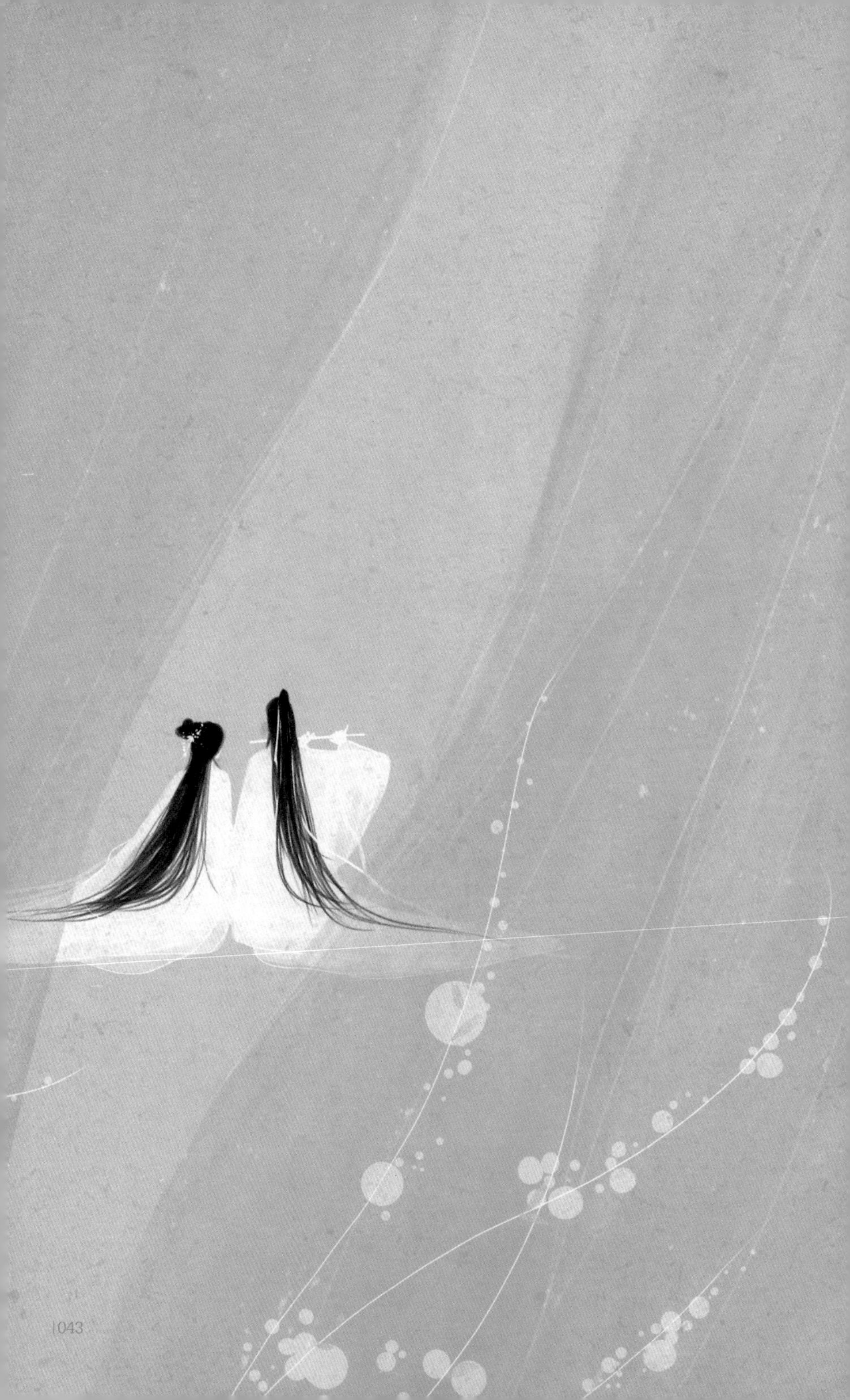

三五七言

（唐）李白

秋风清，秋月明，
落叶聚还散，寒鸦栖复惊。
相思相见知何日？此时此夜难为情！
入我相思门，知我相思苦。
长相思兮长相忆，短相思兮无穷极。
早知如此绊人心，何如当初莫相识。

凤求凰

（汉）司马相如

有一美人兮，见之不忘。一日不见兮，思之如狂。
凤飞翱翔兮，四海求凰。无奈佳人兮，不在东墙。
将琴代语兮，聊写衷肠。何日见许兮，慰我彷徨。
愿言配德兮，携手相将。不得于飞兮，使我沦亡。

扫码聆听本诗文

她，是一位难得的美人。

他，是对她倾心的男子。

他对她见之难忘，于是写下这首情思万缕的琴歌。

——有位貌美如花的女子啊，见了她的倾城容颜，至此再难以忘怀。一日不见如隔三秋，思念让我痴狂。为寻如此美人，我曾如空中飞旋的凤鸟，天涯海角都要寻觅到凰鸟一般。怎奈，寻到了佳人，我们之间却有着遥不可及的距离。

为了她，我只好以琴声代替情话，倾诉我的衷肠情意。何时你我的情事才能被允诺，好慰藉我这爱着的彷徨不已的心。

知你好音乐，故以琴声诉衷情，所谓“高山流水”遇知音，芸芸人海我们能如此有缘相遇，唯愿我的品德可以与你相配，这一生一世我们可携手同行。

只是，无法知你心，亦不知是否可与你比翼双飞，一想到这些，我的心便沦陷到一股无望的情愁之中。

得不到你的爱，我知这一生将生无可恋。

这情真意切的求爱琴歌，今日读来亦觉意深。如泉水叮咚，湍流着的全是热烈深挚的缠绵旖旎。真好。

凤求凰

（汉）司马相如

有一美人兮，见之不忘。
一日不见兮，思之如狂。
凤飞翱翔兮，四海求凰。
无奈佳人兮，不在东墙。

将琴代语兮，聊写衷肠。
何日见许兮，慰我彷徨。
愿言配德兮，携手相将。
不得于飞兮，使我沦亡。

凤求凰

（汉）司马相如

情诗词

春闺思

（唐）张仲素

袅袅城边柳，青青陌上桑。
提笼忘采叶，昨夜梦渔阳。

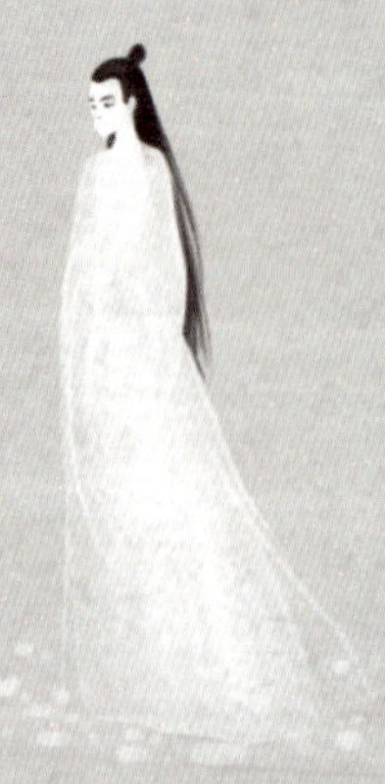

唐中，是个动荡不安的时期。

战事乱，离人多，相思长。

春郊的城边，催生着无限情丝，若垂柳依依袅袅飘飞；路旁青青的柔桑里，则深蕴着蚕的相思。女子，见此心更慌乱，君在战场，思念长，何时才能团圆，让离情断。

思念入心入骨，女子忘记了蚕事忙，只顾着相思，倚树伫立久长，晚来才惊觉一片桑叶未采，提着的篮子一直是“空”的。

离人远，伤心怨望里，想起昨夜的梦，曾梦到渔阳地，那是心爱人所在的地方，只是那里战事纷纷，人不能聚。

春闺思

（唐）张仲素

袅袅城边柳，
青青陌上桑。
提笼忘采叶，
昨夜梦渔阳。

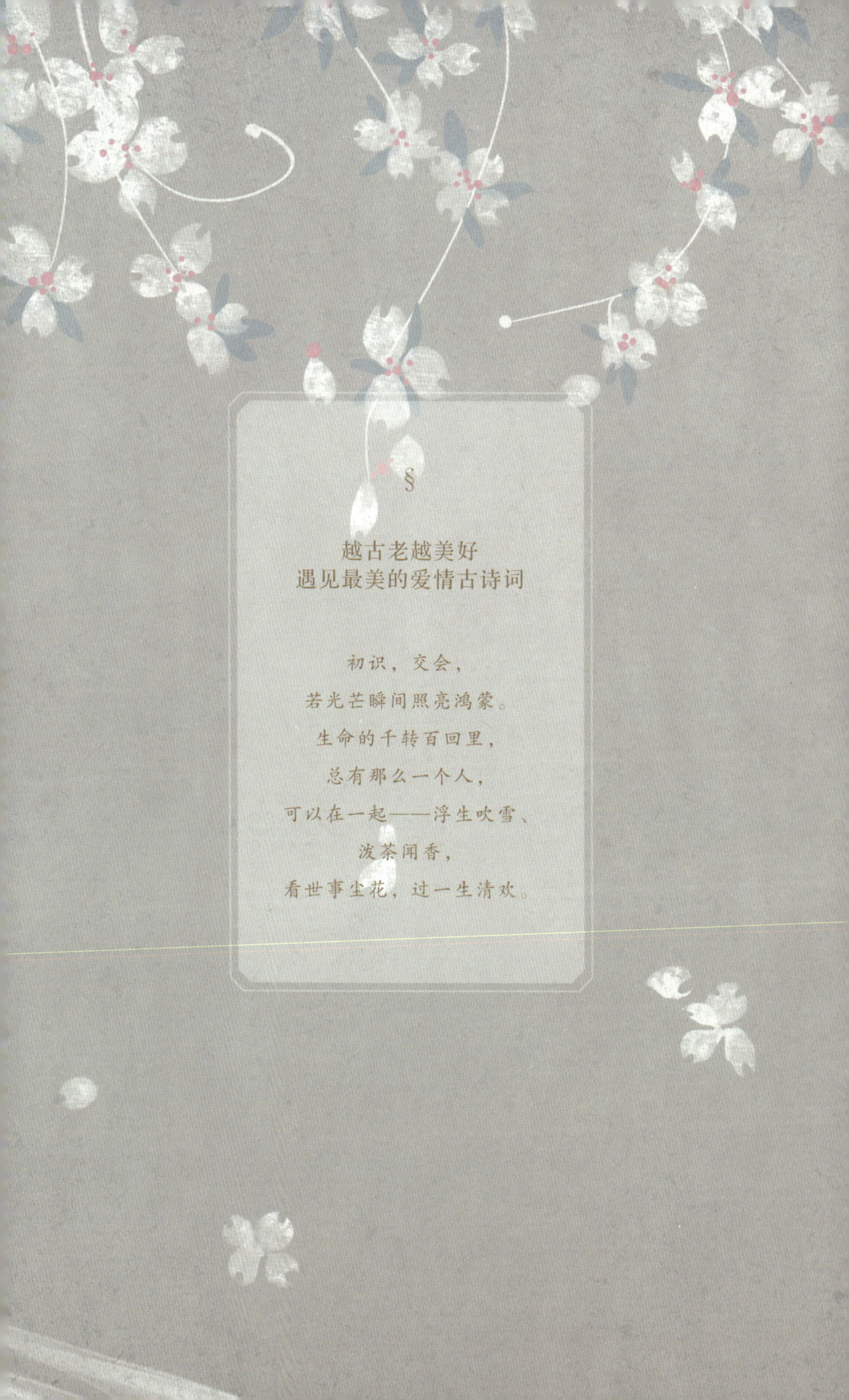

§

越古老越美好
遇见最美的爱情古诗词

初识，交会，
若光芒瞬间照亮鸿蒙。
生命的千转百回里，
总有那么一个人，
可以在一起——浮生吹雪、
泼茶闻香，
看世事尘花，过一生清欢。

离思五首

其四

（唐）元稹

曾经沧海难为水，除却巫山不是云。

取次花丛懒回顾，半缘修道半缘君。

也只有元稹这般深情男子，才能写出如此艳绝且又百转千回的情意来。

这是他悼念爱妻韦丛的哀婉深情之作。

喜欢，但非一人独喜欢。之后，两两相悦里，他便再也不能喜欢上别人了。如同在爱中，心变得残缺了，丧失了再爱他人的能力。自此，她永在诗人的心尖，诗人爱她的心如磐石，似沧海、巫山，再无人可取代。

即便，她离去。他的眼中、心中也只有她一人，万千明媚女子也难以让他回首顾盼。这一生，在爱她的情绪里，心静如水，只修得青灯古佛里度余生。

真的爱一个人，就应如此这般，用一生守一人！

离思五首·其四

（唐）元稹

曾经沧海难为水，
除却巫山不是云。
取次花丛懒回顾，
半缘修道半缘君。

西江月 · 宝髻松松挽就

（宋）司马光

宝髻松松挽就，铅华淡淡妆成。
青烟翠雾罩轻盈，飞絮游丝无定。
相见争如不见，有情何似无情。
笙歌散后酒初醒，深院月斜人静。

司马光，不只是我们万千景仰的名家，亦是写情的高手。

他，写词不多，流传下来仅三首而已，却皆见风花雪月之美好。诚如这一首。

写的是一场心悦之的美好偶遇。

是在宴会，逢着一位美艳动人的舞伎，然而她并不艳俗，不见脂粉风月场上的浓妆艳抹，只是松松地挽起一个云髻、薄薄地搽了些脂粉。最令人心欢喜的是，清新脱俗的她，舞姿还如此之妙，青烟翠雾般的罗衣下，是她轻盈的娇躯，柳絮游丝一般隐约飘忽，只撩得人心生荡漾。

一见钟情的美好，冲抵不了相见不如不见的无奈何，有情还是无情的好，如此便不知情苦。

毕竟，如同宴席一般会散的爱情，动情之后，醉酒中醒来，更觉庭院深深月斜人静，心寂寞。

相见争如不见，有情何似无情。
笙歌散后酒初醒，深院月斜人静。

西江月·宝髻松松挽就

（宋）司马光

宝髻松松挽就，铅华淡淡妆成。青烟翠雾罩轻盈，飞絮游丝无定。相见争如不见，有情何似无情。笙歌散后酒初醒，深院月斜人静。

情诗词

千秋岁·数声鶗鴂

（宋）张先

数声鶗鴂，又报芳菲歇。惜春更把残红折。
雨轻风色暴，梅子青时节。永丰柳，无人尽日花飞雪。
莫把幺弦拨，怨极弦能说。天不老，情难绝。
心似双丝网，中有千千结。夜过也，东窗未白凝残月。

春日里，最是思情，尤以暮春为甚。

杜鹃声里，知烂漫春花将要枯萎凋谢，如同曾经的爱情逝去，将消失殆尽。想起爱情，便更惜怜这暮春意，于是更把残谢的花枝攀折，想要留下这永恒的春意。怎奈，细雨轻柔，狂风却肆虐，正是梅子青青的时节，春意更难留。寂寞撩无人的永丰坊，终日里有柳絮飘飞堆雪白。

请，莫把琵琶细弦轻拨，琴弦幽怨更将幽思烟愁倾诉，如此怎忍卒听？

世间唯情难了。若天不老，这情亦永难断。爱人的心啊，就像那用丝结就的网，中有千千万万个结，痴缠绵绕不休。

又是一个为爱折磨的无眠夜，中夜已过，摇曳的残灯已熄灭，只是曙光未爬窗棂，心似幽暗的海，汹涌万千的是爱人的哀伤。

整阙词，情思未了，言尽而味永。

千秋岁·数声鶗鴂

（宋）张先

莫把幺弦拨，怨极弦能说。
天不老，情难绝。
心似双丝网，中有千千结。
夜过也，东窗未白凝残月。

数声鶗鴂，又报芳菲歇。
惜春更把残红折。
雨轻风色暴，梅子青时节。
永丰柳，无人尽日花飞雪。

心似双丝网，中有千千结。
夜过也，东窗未白凝残月。

竹枝词二首

其一

（唐）刘禹锡

杨柳青青江水平，闻郎江上踏歌声。
东边日出西边雨，道是无晴却有晴。

扫码聆听本诗文

清丽的春日里，长江岸上，杨柳青翠，江平如镜，入眼煞是美好。

有妙龄少女一位，静谧地站于岸边，看江起柳绿。

忽而，远处传来一阵悦耳歌声，她知晓，这是那位俊逸的蹁跹少年唱起的歌。一颗少女的懵懂娇羞的心，便若小鹿一般跃动起来。

踏浪而来的少年，一边朝着岸边划船，一边唱着悦耳的歌，少女羞涩忐忑不安，她不能分辨这少年对自己是否也有爱慕之情。

初恋的人儿，皆这般吧。各种猜度，各种捉摸不定。

而其实有情少年郎，早就深情地遥望着岸上杨柳青翠之间的窈窕淑女。

无论一个在此，一个在彼，是天晴抑或天阴，织绕于他们二人心中的那浓情蜜意，最为缠绵不绝。

“东边日出西边雨”“道是无晴却有晴”，此两句，最是妙义无穷。东边的阳光绚烂，西边的小雨纷纷，皆暗语了一颗少女揣度迟疑未决的心；而一句无“晴”却有“晴”，道尽了爱意“情”浓的真心意。

整首诗，可谓曼妙无比，浑然一体：青的树，绿的水，有情的妙龄少女，俊逸如风的少年，弥漫朦胧着的化不开的浓稠爱意。

读完这诗句，会让太多的人相信爱情。

竹枝词二首·其一

（唐）刘禹锡

杨柳青青江水平，
闻郎江上踏歌声。
东边日出西边雨，
道是无晴却有晴。

绮怀·几回花下坐吹箫

（清）黄景仁

几回花下坐吹箫，银汉红墙入望遥。
似此星辰非昨夜，为谁风露立中宵。
缠绵丝尽抽残茧，宛转心伤剥后蕉。
三五年时三五月，可怜杯酒不曾消。

他，曾与表妹两情相悦，怎奈故事有了开头却无结局。

他的爱情里全都是失落和绝望，写的诗句也尽见感伤，一如这“绮”怀。

绮，虽意美好，却更反衬他的无处寻觅的绝望，曾经的美好情怀，因为爱而得不到，这是更痛的回忆。

曾经的明月相伴、花下吹箫，似梦如幻的美好初遇，却天涯相隔。虽伊人红墙近在咫尺，之间的距离却如银河一般遥不可及。

他今夜像往常一样伫立风露中，却已物是人非，时间是帮凶，今夜的星辰不再是昨夜的星辰，曾经花下吹箫的风花雪月，而今只剩下孤寂伤心一人。

爱人的心，缠绵不休，思念如蚕丝，吐尽只为将自己重重包裹，活在思念里。是谁多事种芭蕉，让神伤的心更幽怨愁悲。

更忆起，那时初相逢，是三五年时三五之月，他们曾在花下坐着吹箫，爱意醇如美酒，饮不尽，只是此际，已成苦酒一杯，苦涩永难消。

似此星辰非昨夜，为谁风露立中宵。

绮怀·几回花下坐吹箫

（清）黄景仁

几回花下坐吹箫，银汉红墙入望遥。
似此星辰非昨夜，为谁风露立中宵。
缠绵丝尽抽残茧，宛转心伤剥后蕉。
三五年时三五月，可怜杯酒不曾消。

情诗词

摊破浣溪沙·风絮飘残已化萍

（清）纳兰性德

风絮飘残已化萍，泥莲刚倩藕丝萦；
珍重别拈香一瓣，记前生。
人到情多情转薄，而今真个悔多情；
又到断肠回首处，泪偷零。

扫码聆听本诗文

写情，最痛不过“人到情多情转薄，而今真个悔多情”了。

为情而生的纳兰，一生活在情丝万缕里不能自拔，所以，他写的情最凿凿入了世人的心。

风似飞刀，刀刀致柳絮残化成浮萍，望之，想起已离开我的你。我的心飘零无所依，念你的心如这藕断丝连，永萦绕不断。

人说，缘定三生，请你不要忘了这一世情，珍重且拈花瓣一朵，让这花香在天人相隔的离别里蔓延，让彼此都记得这前生情，好于来生彼此不相忘，再续前缘。

天妒多情，愈是多情愈是不能久长，当初你我的幸福是这样满，到最后还是让天公红了眼，夺了你去。而今，每忆起，真真悔恨不已，若当初你我不用情那么深，会不会你还留在我身边。

我不由得来到断肠离别的地方，蓦然回首里，全是爱你的情殇，于是情不自禁泪涟涟。

这是纳兰悼念爱妻卢氏而作的哀怨悲戚的一阕词，他们曾那般情投意合，却天妒红颜，卢氏很早就离他而去。他，因爱得深，爱得不能自拔，自此活在了想她的旋涡之中。

本想要白头偕老慢慢过完这一生，谁知，一切皆空留苦恨，由此陷入思念的苦。

深爱一个人，便是这般的吧，经久一生都不能将其忘怀！

摊破浣溪沙·风絮飘残已化萍

（清）纳兰性德

风絮飘残已化萍，泥莲刚倩藕丝萦，
珍重别拈香一瓣，记前生。
人到情多情转薄，而今真个悔多情，
又到断肠回首处，泪偷零。

情诗词

更漏子·柳丝长

（宋）晏几道

柳丝长，桃叶小。深院断无人到。
红日淡，绿烟晴。流莺三两声。
雪香浓，檀晕少。枕上卧枝花好。
春思重，晓妆迟。寻思残梦时。

整阙词，深婉、雅致，洋溢着一股纯美的意境。

词人化身为一名女子，抒写思念之情。

春日晓阳，本最美好，却因最爱的人不在身边而心惊。于是，柳丝柔长、桃叶细嫩里的美景，竟让人深觉庭院静寂的可怕。

只此一人空守的院落，没有人来或人往。只有空寂寞。

淡淡的红日，斜照进深深庭院，浓绿的树丛里笼罩着的是轻烟霭霭，偶尔有柳莺鸣啭声声，一夜未眠更觉心伤。

闺帐里，还有余香，只是斯人不在，残妆犹在面颊。那绣花枕头上的枝梢花儿是如此美，女子却不愿去梳妆，而是让自己沉浸在深浓思念的情绪里。

在思念里，春日迟迟的美却让人这样无可奈何，徒增伤悲！

0901

柳丝长，桃叶小。深院断无人到。

更漏子·柳丝长

（宋）晏几道

柳丝长，桃叶小。深院断无人到。
红日淡，绿烟晴。流莺三两声。
雪香浓，檀晕少。枕上卧枝花好。
春思重，晓妆迟。寻思残梦时。

情诗词

临江仙 · 梦后楼台高锁

（宋）晏几道

梦后楼台高锁，
酒醒帘幕低垂。
去年春恨却来时。
落花人独立，微雨燕双飞。
记得小蘋初见，两重心字罗衣。
琵琶弦上说相思。
当时明月在，曾照彩云归。

词人多情，所以写情思写得深邃入骨。

此阙词，追忆的是旧时情人歌女小蘋，一抹婉约闲愁里都是对她的深深思念。写得深沉真挚、秀丽而忧伤，即便千年之后的今日，读来亦被撩拨心弦。

词人醉梦中醒来，只见楼台闭门深锁，重重帘幕低垂。太过念你，以为酒醉后可以与你梦中相见，谁知梦醒更让人煎熬。忆起昔日此处宴席欢歌时的美好，而今却是梦醒、酒散，人去、楼空。一切追忆成虚空，一切过往成云烟。

无边的愁绪弥漫，诉不尽的孤寂凄凉，去年的离愁别恨又涌上心头，挥之不去。

词人独自伫立庭院深处，微风过处，全是片片凋零的落花，似心中无限的惆怅；而此际，更添恨的是双飞的燕子在细雨中的欢愉呢喃，映衬了自己更深的孤寂伤悲。

犹记得当年，与小蘋初见，她身穿薄罗衣衫，羞抱琵琶轻弹。琵琶声里含情，我知她心意与我一般，所谓一见钟情便是如此。从此后，我们两心相印，相思无尽处。

那一夜，明月清风，曲终人散里她美若一朵轻盈的彩云，翩然离去，留给我一抹深情的心动。只是，如今明月依旧，佳人却不再，唯有无尽的相思和惆怅将我缠绕不休！

梦后楼台高锁，酒醒帘幕低垂。
去年春恨却来时。
落花人独立，微雨燕双飞。
记得小蘋初见，两重心字罗衣。
琵琶弦上说相思。
当时明月在，曾照彩云归。

临江仙·梦后楼台高锁

（宋）晏几道

情诗词

摸鱼儿·雁丘词

（金）元好问

问世间，情为何物，直教生死相许？
天南地北双飞客，老翅几回寒暑。
欢乐趣，离别苦，就中更有痴儿女。
君应有语：渺万里层云，千山暮景，只影向谁去？
横汾路，寂寞当年箫鼓，荒烟依旧平楚。
招魂楚些何嗟及，山鬼暗啼风雨。
天也妒，未信与，莺儿燕子俱黄土。
千秋万古，为留待骚人，狂歌痛饮，来访雁丘处。

问情，这是最直指人心的注解。

问世间，情为何物，直教人生死相许。这句话，参透了世情，也问住了世人！

这世间，情最撩人，亦让人抵死缠绵。可是，究竟情为何物，竟让两只纷飞的雁生死相待！它们南北里迁徙，比翼双飞里经过几多冬寒夏暑，是这样恩爱相依。双飞时欢乐多，离别时才更痛楚难耐。是如此，更知世间痴情人多痴情！

雁亦如此，人更甚。

曾相依相伴、形影不离的两个有情人，若一人逝去，另一人将形孤影单，前程渺渺路漫漫。行将万里，越千山、暮风雪，都是一种苟活，再无欢颜可言。如是，不如殉情为一人。

这，雁过的汾水一带，是当年汉武帝多次巡幸游乐的地方。《秋风辞》里言说的箫鼓喧天、棹歌四起的热闹依稀还在，只是放眼望去，却是萧瑟一片，漠漠荒烟里枯草丛生。武帝已逝，招魂亦是无济于事；山神因之啼悲，又如何，再无人可归来。

这一对雁儿生死相许的深情，连老天都嫉妒。不是吗？你看那殉情的雁儿已与莺儿、燕子一般，皆化为一抔尘土。

只是，它们的爱情，留在身后，与世长存。千秋万古里，有无数文人骚客，遍寻“雁丘”，于狂歌纵酒里，来纪念它们这一对爱侣至死不渝的爱情。

横汾路，寂寞当年箫鼓，荒烟依旧平楚。招魂楚些何嗟及，山鬼暗啼风雨。天也妒，未信与，莺儿燕子俱黄土。千秋万古，为留待骚人，狂歌痛饮，来访雁丘处。

摸鱼儿·雁丘词

（金）元好问

问世间，情为何物，直教生死相许？
天南地北双飞客，老翅几回寒暑。
欢乐趣，离别苦，就中更有痴儿女。
君应有语：渺万里层云，千山暮景，
只影向谁去？

摸鱼儿·雁丘词

（金）元好问

情诗词

塞鸿秋 · 春情

（元）张可久

疏星淡月秋千院，愁云恨雨芙蓉面。
伤情燕足留红线，恼人鸾影闲团扇。
兽炉沉水烟，翠沼残花片。
一行写入相思传。

一行写入相思传。古人的情诗词，都写得极美，每个字、每个词都萦绕着情意。

诚如这首，疏星、淡月、愁云、恨雨……读来甚觉意蕴美好，情悠长。

这是一阙写女子对男子相思的词，写得含蓄而情真。

冷冷清清的院子里，秋千独立，天上星辰少而寂寥，月淡而暗。这样的夜，亦让人生恨，尤其是沉溺在无望的爱中的女子。于是，如云的愁，似雨的恨，就一股脑儿地布满了她芙蓉一般姣好的脸上。

寂寞深生，思念更浓，伤情更甚，爱一个人的深情是欲将所有真情意都系在燕足上，让它捎去自己的想念。只是，燕语无人懂，伤情依然在，形单影只里也只能懊恼地将团扇摇。

屋内香炉里的烟气低沉，屋外池塘里已是落花一片，对他的相思更深，一行行全都写入心扉深处。

塞鸿秋·春情

（元）张可久

疏星淡月秋千院，
愁云恨雨芙蓉面。
伤情燕足留红线，
恼人鸾影闲团扇。
兽炉沉水烟，翠沼残花片。
一行写入相思传。

§

越古老越美好
遇见最美的爱情古诗词

岁月流转，

四季如花成诗，亦成词。

对琴煮酒，溪云风雅里，

看夕阳入水，梦见桐叶芭蕉，

细雨霏霏里，

声声落的是世间

最令人心醉沉迷的情丝缕缕

……

情诗词

蝶恋花·春暮

（宋）李冠

遥夜亭皋闲信步。才过清明，渐觉伤春暮。
数点雨声风约住。朦胧淡月云来去。
桃杏依稀香暗渡。谁在秋千，笑里轻轻语。
一寸相思千万绪。人间没个安排处。

这是一阕伤春、相思之词。

写得轻柔纤巧，婉丽多姿，以清景无限烘托那一抹的深婉相思。

暮春的夜里，词人漫步在水岸边的亭台上，才不过是刚过清明，桃杏芳香还依旧，为何就生出逝去的感伤来。

细雨纷纷，心数雨滴，月儿朦胧，云彩悠悠，桃花儿、杏花儿的香气暗夜里妖娆，是如此多情的夜，却为何感伤不已。

忽闻秋千架上，笑语轻盈，不知是谁家温软的女子在荡秋千，似极心里曾经的她。于是，万千相思如柳絮般纷飞。

只是，这偌大人世间竟没有一处角落可以安放"我"这相思。

桃杏依稀香暗渡。
谁在秋千，
笑里轻轻语。
一寸相思千万绪。
人间没个安排处。

蝶恋花·春暮

（宋）李冠

遥夜亭皋闲信步。
才过清明，
渐觉伤春暮。
数点雨声风约住。
朦胧淡月云来去。

蝶恋花·春暮

（宋）李冠

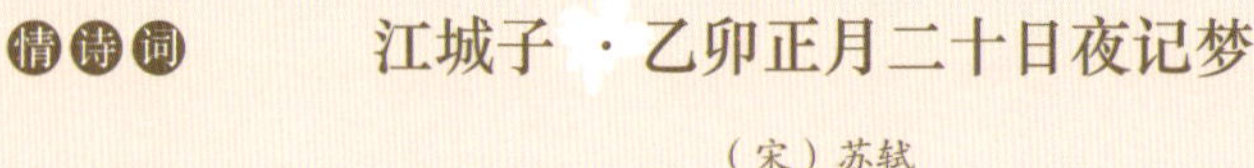

情诗词

江城子·乙卯正月二十日夜记梦

（宋）苏轼

十年生死两茫茫。不思量，自难忘。
千里孤坟，无处话凄凉。
纵使相逢应不识，尘满面，鬓如霜。
夜来幽梦忽还乡。小轩窗，正梳妆。
相顾无言，唯有泪千行。
料得年年肠断处，明月夜，短松冈。

有人说，读《江城子》，可以读破苏轼的心。

确实，这阙词写得动情深入人心，字字句句都是他淋漓的相思。

这是他悼念妻子王弗的一阙词。

应是王弗离开他的第十个年头，某一日，为王弗的忌日。魂牵梦萦里，王弗入了他的梦，梦醒犹记起她小轩窗下梳妆的样子，于是潸然写下这一阙思念无尽的词。

王弗敏慧，与他琴瑟相和，甘苦与共。只可惜，天妒红颜，王弗仅与他相伴短暂十年光阴，就亡故了。这之后，她就活在了他的心中。

相伴的十年，日日是细水长流的美好。独留他一人的十年，却是日日度日如年一般的煎熬。

这十年间，他轻易不写片字关于她的任何，不是不想念，而是有着永不敢提及的怕，怕念及难自持伤悲。

而今晓梦她影，再难自禁。十年隔绝，一生一死，音讯渺渺，茫茫一片皆是伤痛。欲克制自己不去思念，却难耐真心意，她一直都在心间，从未曾忘记过。最伤悲处，还是她的坟远在千里之外，想要跟她诉说心中的凄凉悲伤都不能够。

唯叹息，天上人间的距离，早已将你我隔绝至陌生。即便能相逢，料想你也不会认识现在的我了。因，这经年我四处奔波，早已灰尘满面，鬓发如霜，不似原来的模样。

可是，我依然记得你的模样，是这样的美好，永似那小窗对镜梳妆的貌美舒心。

或许是思念心切，晚来忽然在隐约的梦里见到了梳妆的你，那是在故乡，我们似过往一般两两相望，却千言万语无法诉，唯有泪落千行。

我知道，这之后的年年，你待着的地方就是我的断肠处，晓月冷风的夜，你孤寂的一处，是我永远的相思地。

这样爱一个人，让我们看到了爱的完满。不是永在一起，日息相伴，而是，有一人，永远活在心的那一处！

小轩窗，正梳妆。

江城子·乙卯正月二十日夜记梦

（宋）苏轼

夜来幽梦忽还乡。
小轩窗，正梳妆。
相顾无言，唯有泪千行。
料得年年肠断处，
明月夜，短松冈。

十年生死两茫茫。
不思量，自难忘。
千里孤坟，无处话凄凉。
纵使相逢应不识，
尘满面，鬓如霜。

江城子·乙卯正月二十日夜记梦

（宋）苏轼

寄人

（唐）张泌

别梦依依到谢家，小廊回合曲阑斜。
多情只有春庭月，犹为离人照落花。

古时，有以诗代柬，来代替一封信的做法。

此诗，即是。

诗人，曾与一女子相恋，可是不知为何分了手。然而，情还在诗人心间，对她终不能忘，由此想借这首诗倾诉衷肠以期和好。

自离别，一直没能将你忘记。人说日有所思夜有所梦，我的梦中常有你。今日的梦里，依稀记得到了你家门前。曾经我们缠绵依依的回廊栏杆依旧在，而你不在我身边，唯有徘徊再徘徊，却也不能驱走对你的深深思念。

往日欢情依旧在梦中，别后相思却是这样难以排遣。

梦醒更难挨，寂寞庭院里只有明月多情，照在孤独的人身上，还照在一地的落花上。

这相思苦痛，让人如何承受！

所以，遥寄这锦句，只想你知我心相思，让我们不要像这相隔的两座城池，默然相对，却永没办法靠近！

多情只有春庭月，犹为离人照落花。

寄人

（唐）张泌

别梦依依到谢家，
小廊回合曲阑斜。
多情只有春庭月，
犹为离人照落花。

情诗词

蝶恋花 ·九十韶光如梦里

（清）文廷式

九十韶光如梦里。
寸寸关河，寸寸销魂地。
落日野田黄蝶起，古槐丛荻摇深翠。
惆怅玉箫催别意。
蕙些兰骚，未是伤心事。
重叠泪痕缄锦字，人生只有情难死！

原是借离情写山河破碎的深愁凄痛之词，却因字句锦言里将爱情倾吐，让世人为之吸引。

那一句“人生只有情难死”，什么时候拎出来都是最美销魂的情话。

文字的妙处，便是这般，关乎意境，亦关乎心境。今时，山河破碎离我们已远，我们更愿从字句里看情话的缠绵悱恻。

岁月倏忽，往事已矣，九十年的美好时光如同梦境。山河破碎，世间满目荒凉，寸寸山河，皆成寸寸幽怨伤心地。金戈铁马，英雄泪满襟里，玉箫吹奏的曲子里全是惆怅的离别意。

艳阳下，微风吹转的蕙兰花香里，飘浮的全是我未尽的伤心事。

美好往事成烟，飞逝无寻，为此我流着伤心的泪写信寄你，锦字里说的是人生最难忘却的情。

如此的心意，用于爱情亦是美至销魂的。

比如，想起和你在一起的那些美好往事，虽然成烟，却意难忘，于是和泪写下念你的锦绣字句，镌刻下爱你的真心意。

爱一人，就会如此，即使人去楼空，那爱依旧在。

重叠泪痕缄锦字，
人生只有情难死！

九十韶光如梦里。寸寸关河，寸寸销魂地。落日野田黄蝶起，古槐丛荻摇深翠。惆怅玉箫催别意。蕙些兰骚，未是伤心事。重叠泪痕缄锦字，人生只有情难死！

蝶恋花·九十韶光如梦里

（清）文廷式

女冠子·四月十七

（唐）韦庄

四月十七，正是去年今日，别君时。
忍泪佯低面，含羞半敛眉。
不知魂已断，空有梦相随。
除却天边月，没人知。

四月十七日，是个心伤至极的日子，去年此时你我离别。春光见证了你我的相逢，也见证了你我的别离。那日，你决绝转身离去，自此寂寞覆盖了我的世界。我，再看不到日光的明照，亦看不见繁花的芬芳。

我的世界，就此一片昏暗，不见温暖。

一想起这离殇，泪水便忍不住往下流。我不愿别人看到我的伤悲，便假装低着头，含羞将眉头皱起。可是，只有我自己知道心底的伤是如何在流血。

自别后，我夜夜梦断魂伤，只期待能在梦中与你相逢，过一把一起慢慢变老的浪漫的瘾。只是，越如此，心越伤，这温软红尘里，除却那天边冷月知晓我这相思，还有谁知道?

我是如此希冀能与你在柔媚的春光下，置一个温暖的家，然后相携到老!

女冠子·四月十七

（唐）韦庄

四月十七，正是去年今日，别君时。
忍泪佯低面，含羞半敛眉。
不知魂已断，空有梦相随。
除却天边月，没人知。

减字浣溪沙

（清）况周颐

惜起残红泪满衣，它生莫作有情痴，
天地无处着相思。
花若再开非故树，云能暂驻亦哀丝，
不成消遣只成悲。

浣溪沙的词牌名，真美。

原为唐教坊曲名，调儿明快，句式工整，朗朗上口。后有了许多的别名，比如小庭花、满院春、东风寒、醉木犀、霜菊花、广寒枝、试香罗、清和风、怨啼鹃等二十余种异名。

减字浣溪沙，亦是它其间的一个异名。读来，婉约而美好。

此阙词，以其为名，意蕴由此延绵而来，将爱而不得的相思之苦言尽。残红、泪满衣，说的是为爱所受的折磨。为此，奉劝天下有情人下辈子千万不要做多情人，因这人世间的相思之苦让人太难以承受了。

只有太爱，才会生出如此相思的苦。

回想来，我们都曾经以为很爱很爱一个人，且非他不能活。时光穿梭里，却非如此。那年曾最爱的人，多年后或许没那么爱了，或者已然不爱了。原来，到最后我们只是爱着一个深情的自己。

所以，不要再在“情”字上纠缠不休了，除了爱，这世间还有许多事可做，不如放下。如此，才不会生悲。

花若再开非故树，云能暂驻亦哀丝。不成消遣只成悲。

减字浣溪沙

（清）况周颐

惜起残红泪满衣，
它生莫作有情痴，
天地无处着相思。
花若再开非故树，
云能暂驻亦哀丝，
不成消遣只成悲。

玉楼春 · 尊前拟把归期说

（宋）欧阳修

尊前拟把归期说，欲语春容先惨咽。
人生自是有情痴，此恨不关风与月。
离歌且莫翻新阕，一曲能教肠寸结。
直须看尽洛城花，始共春风容易别。

写闺情，可以写这般温婉美好的，也只有欧阳修一人了。

这是一阙离情的词，写的字句锦绣，让人如浴悠悠情丝万缕之中。

欢愉的筵席上，本欲将归期的时间说一下，怎知话未说出口，佳人一张春风妩媚的脸颊就凄凉开来，哀怨低咽里将悲情诉满。

这世间人生里，自是有情痴无数，情到深处人断肠，只是这恨却是无关风月的。人心痴绝，关乎的是心，而非物什。

这饯别的酒宴里，请莫再演奏一阙新的离别曲，古歌旧曲已然将离别的愁肠寸寸郁结了。

还是，你我相携同游，将满城的牡丹花儿看尽，才能将我们之间这滞重的惆怅减少些，才能在春风里跟你诉离别容易些。

玉楼春·尊前拟把归期说

（宋）欧阳修

尊前拟把归期说，欲语春容先惨咽。
人生自是有情痴，此恨不关风与月。
离歌且莫翻新阕，一曲能教肠寸结。
直须看尽洛城花，始共春风容易别。

情诗词

蝶恋花·伫倚危楼风细细

（宋）柳永

伫倚危楼风细细。望极春愁，黯黯生天际。
草色烟光残照里，无言谁会凭阑意。
拟把疏狂图一醉。对酒当歌，强乐还无味。
衣带渐宽终不悔，为伊消得人憔悴。

扫码聆听本诗文

古代诗人里，柳永是极深情之一，所以，他写风花雪月最是入骨缠绵。

敏感似他，才情似他，情真似他，生时岁月里，为了心中情愫，浅酌低唱出情诗无数。

此首《蝶恋花》，最吸引人。

身在异乡，最怕登楼远眺，然而抵不过思乡情切，诗人凭栏伫立。细细的风拂面，诗人更感到极目天涯的黯然，那一抹浓稠得化不开的“春愁”，更如春风料峭般入心。

直至夕阳西下，一片芳草于如烟似雾的余晖里更显生动，只是无人可知这相思如愁。唯默无言，让相思更深更浓。

其实也想强颜清欢狂醉一番，怎奈消释离愁的永远都不是酒。对酒当歌，也不过是强颜欢笑而已。无味至极!

若是爱了，就让爱在心底肆意绽放吧!

哪怕为伊消瘦、憔悴，都永不悔!

这，亦是爱一个人真正的样子。

蝶恋花·伫倚危楼风细细

（宋）柳永

伫倚危楼风细细。
望极春愁，黯黯生天际。
草色烟光残照里，无言谁会凭阑意。
拟把疏狂图一醉。
对酒当歌，强乐还无味。
衣带渐宽终不悔，为伊消得人憔悴。

情诗词

雨霖铃 ·寒蝉凄切

（宋）柳永

寒蝉凄切，对长亭晚，骤雨初歇。
都门帐饮无绪，留恋处，兰舟催发。
执手相看泪眼，竟无语凝噎。
念去去，千里烟波，暮霭沉沉楚天阔。
多情自古伤离别，更那堪，冷落清秋节！
今宵酒醒何处？杨柳岸，晓风残月。
此去经年，应是良辰好景虚设。
便纵有千种风情，更与何人说？

扫码聆听本诗文

他，柳永，是宋代婉约词派的代表人物，善写男欢女爱、离愁别恨。他，赋写的言情词阙，有着剪红刻翠的“艳”，亦有着旖旎软语的“柔”。一扫传统离情词里的红楼深院、春花秋月，而尽显一种烟波浩瀚的别开朗阔的绵密。

这与他的人生经历有关，亦与他的心性相关。他，多年仕途失意，四处漂泊里经离情多次，因而，他更知人间离愁别恨。

那是深秋时节的一个黄昏，急雨刚停，秋蝉已经凄切地在鸣叫了，鸣的是要离开时的恨，却催得人心疼痛。世间，并非蝉的离别恨意满，人的离别更伤痛。与心爱的人，在长亭告别，蝉鸣声里更黯然神伤。

欲离去，你我在京都的城门外设帐置酒话离别，早已没了畅饮的心绪。伤心恨别，却也不能不别，只恨船上人催出发，我和你还在依依不舍，十指相扣里泪眼蒙眬，千言万语哽噎在喉，就是说不出。

我知，此际你我无言早已胜千言万语。

分别后，这千里迢迢、一程又一程里，只剩烟波一片、雾霭笼罩的空漠了。没有你的世界，一切都是空。

自古以来，多情人最伤心的是离别，更何况又逢着这恼人的萧瑟的冷落深秋，离愁更是让人无以能堪！

以为酒醉可以减伤悲，可谁知我今夜酒醒时到底身在何处？怕，只有杨柳岸边呼啸的黎明时的冷风和空中仅存的残月了吧。

这一别，应是数年；这之后，再好的时光、再美的景色，因没有你在身边，都是虚设了。这一别，纵万千风花雪月的心情，都将无人倾诉！

这之后，没有你的日子，孤寂如深海，再无欢颜！

此去经年，应是良辰好景虚设。
便纵有千种风情，更与何人说？

雨霖铃·寒蝉凄切

（宋）柳永

多情自古伤离别，更那堪，
冷落清秋节！今宵酒醒何处？
杨柳岸，晓风残月。
此去经年，应是良辰好景虚设。
便纵有千种风情，更与何人说？

寒蝉凄切，对长亭晚，骤雨初歇。
都门帐饮无绪，留恋处，兰舟催发。
执手相看泪眼，竟无语凝噎。
念去去，千里烟波，
暮霭沉沉楚天阔。

雨霖铃·寒蝉凄切

（宋）柳永

情诗词

昼夜乐·洞房记得初相遇

（宋）柳永

洞房记得初相遇。便只合、长相聚。
何期小会幽欢，变作离情别绪。
况值阑珊春色暮，对满目、乱花狂絮。
直恐好风光，尽随伊归去。
一场寂寞凭谁诉。算前言、总轻负。
早知恁地难拚，悔不当时留住。
其奈风流端正外，更别有，系人心处。
一日不思量，也攒眉千度。

这阕词，说的是柳永心中难以忘怀的一段短暂的爱情，在时日久长里，他因被懊悔和无尽的思念所折磨，于是写下这般情深词句。

以深爱女子的口吻，来追忆这段稍纵即逝的爱情：记得初次相遇的美好，洞房花烛里只想永远在一起。可是，造化弄人，谁知短短的幽会欢好后，竟是离别愁绪。正是阑珊暮春，柳絮儿满眼乱飘很是恼人，唯恐这美好的春色亦随它离去，心内再无一片艳阳静美。

一场深爱，最终寂寞，这情愫伤痛无人能诉。想起说过的海誓山盟，悔恨起对他这份深情的轻易辜负。早知道对他如此难以忘怀，当初就应该将他留住。他，是这样美好的人儿，不仅举止风流倜傥，还品行端正，更有让人朝思暮想入心的好。

如今，悔恨成歌，日日心唱，愁眉深锁。

一天不想他，都要皱眉千次，更何况如此这般想他呢?

一场寂寞凭谁诉。算前言、总轻负。

早知恁地难拚，悔不当时留住。

其奈风流端正外，更别有，系人心处。

一日不思量，也攒眉千度。

昼夜乐·洞房记得初相遇

（宋）柳永

洞房记得初相遇。便只合、长相聚。
何期小会幽欢，变作离情别绪。
况值阑珊春色暮，对满目、乱花狂絮。
直恐好风光，尽随伊归去。

昼夜乐·洞房记得初相遇

（宋）柳永

§

越古老越美好
遇见最美的爱情古诗词

爱情里的心绪，
早就被写情的古诗词道尽，
那些恣意张扬的悲欢，
那些缠绵至死的爱恋
你若读来，
心弦就会被轻轻拨动，
低眉垂睫里可见那灼人的明眸。
如同，遇见心仪的恋人。

情诗词

卜算子 ·我住长江头

（宋）李之仪

我住长江头，君住长江尾。
日日思君不见君，共饮长江水。
此水几时休，此恨何时已。
只愿君心似我心，定不负相思意。

扫码聆听本诗文

这阙词，深得民歌之意蕴，意味明白如话，复叠回环里极见巧思，将一颗痴爱的心呈现淋漓。

我们是如此相爱，却因无可逾越的距离，不得不生别离。如同一人住长江头，一人住长江尾。悠悠不尽的长江水，隔开了你和我，长长的思念由此滋生蔓延。

日日夜夜里，因太过爱你而想念不已，却不能见到你，这深情让我如何承受！所幸，我和你，还可以共饮这一江绿水，多少疗慰下我们的相思离隔之恨。

只是，这长江之水，悠悠东流里何时才能够休止；如这悠悠长江水的相思离恨，何时才能停歇！

无可知。

唯愿，君能如我这相思不弃的心一般，永心相守不移，如此，才不会辜负我这一番痴情心意。

卜算子·我住长江头

（宋）李之仪

我住长江头，君住长江尾。
日日思君不见君，共饮长江水。
此水几时休，此恨何时已。
只愿君心似我心，定不负相思意。

八六子·倚危亭

（宋）秦观

倚危亭。恨如芳草，萋萋刬尽还生。
念柳外青骢别后，水边红袂分时，怆然暗惊。
无端天与娉婷，夜月一帘幽梦，春风十里柔情。
怎奈向、欢娱渐随流水，素弦声断，翠绡香减，
那堪片片飞花弄晚，蒙蒙残雨笼晴。
正销凝，黄鹂又啼数声。

流水浮生，爱情最教人愁怨哀生。

我们曾于桃红柳绿里美好邂逅，却爱恋情浓转瞬成空，自此心伤哀怨生。常独寂倚在危楼上，遥望，遥望你我的情事幕幕上演，于空寂的白云悠悠里。可是愈上演，幽恨愈深，恰如那遍地野蛮生长的芳草，萋萋铲不尽，春风吹又生。

想起我们离别的那棵柳树，树下我牵着宝马，听河水潺潺，与你告别。是那样的不舍，可拉着你的衣袖却不能将你留下，你红色衣袖的颜色刺伤了我的眼，到现在还生疼。到如今，那汹涌着的凄恻之痛还在我的心底。

我知道，得到与失去，有时是千里鸿沟，有时只一念之差。可是，我就是无法将你永忘却。

你婀娜而美的身影，一直在我眼里，在我心里，让我在月色里拥着你的样子入梦。当真是，在我心里，十里春风都不如你，和你的蜜意情浓亦是十里春风都无法诉尽的。

只埋怨，天妒欢愉，吉光片羽的背后，永远藏着一个擦肩而过的爱而不可得。往昔的欢愉，早已如那流水东逝去。你不在，琴弦声便不在，你遗留下的翠绿色的丝巾上香气再无。

片片落花随风飘，暮色里哀伤深，这世间有多少人因了等待，从青丝到白头，仍无望。天将欲晴，仍氤氲着这残雨点滴，一声声，滴落的全是思念的痛。

黄鹂不知人悲伤，在我断肠魂伤时不休地凄鸣声声，让人恼。

好想掩帘，深深闭上重门，让相思休。

怎奈，心中仍有你的影子，挥之不去。似江月随波，来来回回地潜入我心！

八六子·倚危亭

（宋）秦观

怎奈向、欢娱渐随流水，
素弦声断，翠绡香减，
那堪片片飞花弄晚，
蒙蒙残雨笼晴。
正销凝，黄鹂又啼数声。

倚危亭。恨如芳草，萋萋刬尽还生。
念柳外青骢别后，
水边红袂分时，怆然暗惊。
无端天与娉婷，
夜月一帘幽梦，春风十里柔情。

情诗词

青玉案·元夕

（宋）辛弃疾

东风夜放花千树，更吹落，星如雨。
宝马雕车香满路。凤箫声动，玉壶光转，一夜鱼龙舞。
蛾儿雪柳黄金缕，笑语盈盈暗香去。
众里寻他千百度，蓦然回首，那人却在，灯火阑珊处。

扫码聆听本诗文

“众里寻他千百度，蓦然回首，那人却在，灯火阑珊处。”这句打动万千世人的情话，千百年来屹立在时光里，是绝唱，亦是经典。

词人，以军事家著称于世，却以这一阙《青玉案》诠释他的柔情万种。

东风，仿佛于夜里将千万棵花树吹开绽放，又仿似将空中的繁星吹落，成阵阵星雨。是上元灯节的夜，火树银花里是不夜天。香车宝马堆满路，人来人往里弥漫着醉人的香气。

如此的夜，欢歌笑语满处，凤箫声悦耳，玉壶里流光飞舞；如此热闹喧嚣的夜，鱼龙彩灯齐舞。

街上美人多，都打扮动人，粉黛里穿金戴银，格外妩媚妖娆。一个个笑语轻盈，暗香浮动处最销魂。

人潮汹涌里，我切切地寻，寻那千百次心里暗仪的她。最心喜处，是蓦然回首的不经意的一瞥，却见佳人正在那灯火深处。

原来，她正等在那处！

如是情话，真真缠绵动人。

蛾儿雪柳黄金缕，
笑语盈盈暗香去。
众里寻他千百度，
蓦然回首，那人却在，
灯火阑珊处。

青玉案·元夕

（宋）辛弃疾

东风夜放花千树，更吹落，星如雨。宝马雕车香满路。凤箫声动，玉壶光转，一夜鱼龙舞。

众里寻他千百度，蓦然回首，
那人却在，灯火阑珊处。

更漏子·玉炉香

（唐）温庭筠

玉炉香，红蜡泪，偏照画堂秋思。
眉翠薄，鬓云残，夜长衾枕寒。
梧桐树，三更雨，不道离情正苦。
一叶叶，一声声，空阶滴到明。

温庭筠，花间派的鼻祖，离愁别苦写得最是精妙生动。

思念一个人的时候，更觉夜长孤寂。为免凄恻，玉炉焚香，想要以此取暖，谁知轻烟缭绕更添愁绪，更见蜡烛滴泪，摇曳的烛光偏照画堂，更显得凄凉伤悲。

无君在侧再无人赏，于是，无心梳妆一任眉色褪却，鬓发零乱。寂冷寒夜最是漫长，更觉枕被冰凉，直凉入心扉。

三更到，雨打梧桐叶，声声刺耳，全敲在心坎。梧桐和雨，皆不知人情离苦，一滴一滴的雨，只自顾自凄切地敲打着一叶一叶的梧桐，滴落在无人的台阶上，直到天明。

孤枕难眠的夜，思念最是凄苦！

整阙词，无一字言伤别，却将离情诉说得清冷生动。

这，是最妙的言情之词，让人将闺情无限想象。

梧桐树，三更雨，不道离情正苦。

更漏子·玉炉香

（唐）温庭筠

玉炉香，红蜡泪，偏照画堂秋思。
眉翠薄，鬓云残，夜长衾枕寒。
梧桐树，三更雨，不道离情正苦。
一叶叶，一声声，空阶滴到明。

情诗词

诉衷情 ·永夜抛人何处去

（唐）顾敻

永夜抛人何处去？绝来音。
香阁掩，眉敛，月将沉。
争忍不相寻？怨孤衾。
换我心，为你心，始知相忆深。

扫码聆听本诗文

顾敻，最擅写情，尤其是怨情。

此一阕，写得动容万千，一句“换我心，为你心，始知相忆深”成千古痴心的透骨情语，莺歌于世人心间。

你狠心负情离去，留给我一个又一个怨念悲伤的长夜。到底，你抛弃我是到了何处去了？自离去，你从未有一丁点儿的音讯。

想你如此忘情负义，本该将你彻底遗忘。怎奈，每每掩上香阁门，想你的心就翻滚升腾，低垂的眉眼里全是对你的相思。夜自难眠，月儿兀西沉，又一个无眠的寂寞长夜。

只怨恨，你的眼眸，凝我一世，媚我一生。就此，我再难将你忘记。

所以，我怎忍心不将你追寻？

可，寻你不到的每个夜，都是残忍的折磨，孤眠独寝里只空对着枕被怨恨不尽。

好想对你说，把我的心，换作你的心，你才能真正体会我这种相思到底有多深！

诉衷情·永夜抛人何处去

（唐）顾敻

永夜抛人何处去？绝来音。
香阁掩，眉敛，月将沉。
争忍不相寻？怨孤衾。
换我心，为你心，始知相忆深。

江陵愁望有寄

（唐）鱼玄机

枫叶千枝复万枝，江桥掩映暮帆迟。
忆君心似西江水，日夜东流无歇时。

玄机一生为情苦，先是温庭筠，后是李亿。此一首，是她写给李亿的深情之词。

初识李亿时，她的名字叫幼微。是温庭筠的撮合，让他们良缘喜结。只是，怎奈李亿有原配裴氏。在他们度过了一段金童玉女的美好时光后，裴氏从江陵“杀”到长安，逼迫李亿将她休。

未料到，李亿懦弱到真的写了一纸休书。李亿却也真是爱她，不舍中将她暗中安排到一处僻静的道观，好让情缘继续纠缠。观中有年迈道姑，为她取“玄机”道号，自此世间再无鱼幼微。

风华绝代、才情似锦的玄机，自是不甘孤伴青灯做一世道姑。

于是，长夜无眠里，她在云房之中写下这一往情深的词，寄李亿子安。

这凄凉的深秋，千枝万枝交会的枫树林里，叶落片片，或地上，或江上。仿似在江桥之上，等你归。阵阵西风吹来，漫山的枫树发出瑟瑟的声响，听得我的心伤悲起来。

你还不乘船归来，日暮已垂，我对你的思念之心一如这西江之水绵延不绝。这流水日夜不息，我的思念也如此不歇。

只是，肠断心伤里，她的一往情深并未能打动李亿。怕妻的李亿再不敢跟玄机交往，自此她的心伤如一片深海，无边无际。

江陵愁望有寄

（唐）鱼玄机

枫叶千枝复万枝，
江桥掩映暮帆迟。
忆君心似西江水，
日夜东流无歇时。

卜算子·答施

（宋）乐婉

相思似海深，旧事如天远。
泪滴千千万万行，更使人、愁肠断。
要见无因见，拚了终难拚。
若是前生未有缘，待重结、来生愿。

这，是一阙滴着血泪的诀别之词。

她，是名妓，与词人施酒监情投意合。施在京任职期满，即将调往别处，却没办法为她赎身。由此，临行前写下一阙词送她：“相逢情便深，恨不相逢早。识尽千千万万人，终不如伊好。别你登长道，转更添烦恼。楼外朱楼独倚阑，满目围芳草。”

读罢，她泪如雨下，于是和答了这阕词向他诀别。

这别后，我对你的相思，将似海一般深无边际，自此我将受尽这相思苦的煎熬。曾经，我们在一起的美好往事，远如天上飘忽不定的云朵，再难追忆。

想要留住这离别的时刻，流尽了千千万万行眼泪，却留不住将要远行的你，这让我更肝肠寸断，愁苦更深。

今日别后，我知道我们将永无相见之时，然而想要结束这段情，我又如此不舍得。也罢，爱一个人终难朝朝暮暮，只要心中永有爱，也是足够。

唯愿，有来生，我们这前缘未了的情可以再续，永结为爱意绵绵的夫妻。

相思似海深，旧事如天远。
泪滴千千万万行，更使人、愁肠断。
要见无因见，拚了终难拚。
若是前生未有缘，待重结、来生愿。

卜算子·答施

（宋）乐婉

情诗词

长相思·汴水流

（唐）白居易

汴水流，泗水流，流到瓜州古渡头。
吴山点点愁。
思悠悠，恨悠悠，恨到归时方始休。
月明人倚楼。

长相思，是词牌名，取自南朝乐府的“上言长相思，下言久离别”句，说的是世间最绵延不休的男女相思之情。

汴水长流，泗水亦长流，他们途经各色世景，在瓜州汇流入长江最古老的渡口。心，随着滔滔水流，遥望到你在的地方。只是，江南群山里凝聚了太多的哀愁，那亦是我思念你的无限哀愁。

我知道，大丈夫志在四方，你要远行，我再不舍也无法将你挽留住，伸出的手，只定格成一个孤寂的姿势。

从此，我们天地相隔，彼此凝望、等待。如同宿命，这漫长更漫长的相望，成为最永恒的思念。

于是，日日里，思念悠悠，恨亦悠悠，除非你的归来才会将其罢休。

皓月一轮当空的那个夜晚，我还深深记得，那时你我相依偎，缠绵浓稠里将爱意深种。彼时，楼阁和皓月皆含情。

可是，你依旧没来，一切眷恋成了妄念。

寒风孤寂里，我只能独自倚楼望冷月，心戚戚然。

汴水流，泗水流，
流到瓜州古渡头。
吴山点点愁。
思悠悠，恨悠悠，
恨到归时方始休。
月明人倚楼。

长相思·汴水流

（唐）白居易

玉楼春·春恨

（宋）晏殊

绿杨芳草长亭路，年少抛人容易去。
楼头残梦五更钟，花底离愁三月雨。
无情不似多情苦，一寸还成千万缕。
天涯地角有穷时，只有相思无尽处。

此阙词，写离别亦写相思，意蕴凄婉而绵长。

绿杨茂密、垂柳摇曳、芳草萋萋的长亭古道边，年少的游子正与心上人告别，应是年少未解离情苦，因而离去时才这般匆忙，不见流连。

然而，经年过去，他才知相思深苦。残梦依稀，钟鼓伤情，五更惊醒时离情更苦，一如那暮春三月的细雨，迷蒙淅沥在心底。

相思如是，花下人恍惚。

此时，才知无情人哪里懂得多情人的苦，才知那一寸相思可化作千万缕愁丝的纠结缠绕。

天涯海角，再远不可及也是有尽头的，然相思却是无限绵长、无尽处的。

玉楼春·春恨

（宋）晏殊

绿杨芳草长亭路，年少抛人容易去。
楼头残梦五更钟，花底离愁三月雨。
无情不似多情苦，一寸还成千万缕。
天涯地角有穷时，只有相思无尽处。

情诗词

青玉案·凌波不过横塘路

（宋）贺铸

凌波不过横塘路，但目送、芳尘去。
锦瑟华所谁与度？月桥花院，琐窗朱户，只有春知处。
飞云冉冉蘅皋暮，彩笔新题断肠句。
若问闲情都几许？一川烟草，满城风絮，梅子黄时雨。

这虽是篇写郁郁不得志的“闲愁”之词，却因字句间的美好流传成千古情话。

江南烟雨里，偶遇美丽的佳人，心慕之，她却不肯迈着玉步来到横塘路。我只有戚戚然地目送她的离去。绝尘芳影里，留下我太多的遗憾。

这之后，不知美人将与谁相依偎，共度美好年华？

月桥花院，朱红门里，琐窗美丽，这里可是她的归处，或许只有春风才能知道吧！

云朵依旧悠悠地拂过，长满杜蘅的小洲也兀自在暮色里隐约，可是，如是良辰美景，佳人却一去不复返。

我，便只能将相思化作断肠的词句来倾诉。

如果要问我的伤悲有多深有多长，那么，正如烟雨里一片青草那般绵延无边，亦如随风飘飞的柳絮无着无落，更如梅子黄时的雨，没完没了。

飞云冉冉蘅皋暮，
彩笔新题断肠句。
若问闲情都几许？
一川烟草，满城风絮，
梅子黄时雨。

青玉案·凌波不过横塘路

（宋）贺铸

凌波不过横塘路，
但目送、芳尘去。
锦瑟华所谁与度？
月桥花院，琐窗朱户，
只有春知处。

凌波不过横塘路，
但目送、芳尘去。

以素笔描绘诗的美意

以笔墨勾勒曼妙如斯

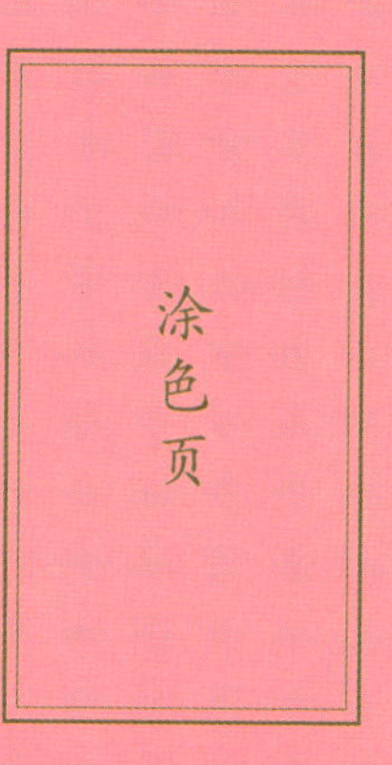
涂色页

桑妮

古典唯美主义畅销书作家。

有着水瓶座女子的敏感，文笔清丽缠绵，立意悲悯有爱。

代表作《民国女子：她们谋生亦谋爱》《若无相欠，怎会相见》《且以优雅过一生：杨绛传》。

微博：@ 桑妮 --sunny

三乖

浪漫才情美女画家。

用热爱绘制生活美意，每幅画都让你看到一阙词，一个故事，将岁月流转里的美与感动极美呈现。

代表作品《小白快跑》。

微博：@ 三乖三乖

代代

中央人民广播电台文艺之声主持人，疗愈系女神。听她的声音，有一种清风霁月的感觉；看她的微笑，更让人不自觉地暂放烦恼，想起美好的事情。

创办读书类音频公众号：代你朗读，是每个热爱生活之人的温暖小窝。

代代的微博：@ 主持人代代

作者
桑 妮
/
绘者
三 乖
/
朗读
代 代
/
出版监制
暖 暖 杨 琴
/
责任编辑
张 萌
/
出品统筹
伊一文化
/
联合策划
木本水源
/
特约监制
玉兔文化
/
封面设计
格·创研社
/
装帧设计
弘果文化传媒

图书在版编目（CIP）数据

锦绣集：邂逅最美爱情古诗词 / 桑妮著；三乖绘
. -- 北京：北京联合出版公司，2018.5
ISBN 978-7-5596-1762-0

Ⅰ. ①锦… Ⅱ. ①桑… ②三… Ⅲ. ①古典诗歌－诗歌研究－中国 Ⅳ. ① I207.22

中国版本图书馆 CIP 数据核字 (2018) 第 041829 号

锦绣集：邂逅最美爱情古诗词
作　　者：桑　妮
出版统筹：谭燕春　高继书
特约监制：暖　暖　杨　琴
责任编辑：管　文
封面设计：格·创研社
装帧设计：弘果文化传媒

北京联合出版公司出版
（北京市西城区德外大街 83 号楼 9 层 100088）
北京联合天畅发行公司发行
北京美图印务有限公司印刷 新华书店经销
字数 271 千字 880 毫米 ×1230 毫米 1 /32 7.5 印张
2018 年 5 月第 1 版 2018 年 5 月第 1 次印刷
ISBN 978-7-5596-1762-0
定价：59.80 元